에고는 어디로 갔나

에고는 어디로 갔나

1판 1쇄 발행	**2024년 1월 3일**
지은이	**최병희**
발행인	**이선우**
펴낸곳	**도서출판 선우미디어**

등록 | 1997. 8. 7 제305-2014-000020
02643 서울시 동대문구 장한로 12길 40, 101동 203호
☎ 2272-3351, 3352 팩스: 2272-5540
sunwoome@hanmail.net
Printed in Korea ⓒ 2024. 최병희

값 13,000원

※ 잘못된 책은 바꿔 드립니다.
※ 저자와 협의하여 인지 생략합니다.

ISBN 978-89-5658-751-6 03810
ISBN 978-89-5658-750-9 05810(EPUB2)

에고는 어디로 갔나

최병희 시집

선우미디어

시인의 말

뽕잎을 더 먹어야 할까

고치실을 토사할까

캄캄한 고치 속에 꼼짝달싹 못 한 채

등껍질 찢어지는 아픔을 견딘다

절대고독,

마침내 날개를 단다

비어내는 삶을 노래한다

2024년 새해 맞이하며
저자 최병희

차례

1부 의미 있는 삶

2부 몰입하는 삶

3부 즐거운 삶

의미 있는 삶

소박한 풍경

둥근 식탁에서
가족과 어깨를 겹쳐 가며
소박한 음식을 나눕니다

수저로 닿는 눈길을 따라가면
거룩한 땅과의 인연이 녹아든
햇살 덕분에 자외선과의 땀방울에
부모님들의 농사

소박한 식탁은
땅의 생명이 살아 숨 쉬는
작은 우주

그 인연의 소중함 다시 헤아리며
둥근 식탁에서 만나는
소박한 음식은 사랑입니다

이웃 마을

겨울이다

먹구름과 거리두기를 하는데
하늘은 무성한 말이 쌓이고 표정이 쌓인다

바람이 귀를 향해 하고 싶은 말
자옥이 얼굴을 뚫고 나오는 표정

하늘에 나래를 펼치니
웅변술만 수북하다

이것이 날씨의 예감을
바로 잡아주는 방식이던가

키만 자라는 현관
삶과 사람 앞에는 언제나 칼바람

마음이 쌓이고, 입술이 쌓이는
그 옛날 이웃 마을이 그립다

판화

한 세대가 사라지고
나무 조각하는 노인이 되었다

맑은 강물 바닥까지 들여다보이는
거제도 연초리
울창한 시누대 오솔길 발자국 서려
까칠한 얼굴 되돌아본 향수가 운다

포로수용소의 부대찌개와 강냉이죽
뇌리에 긁혀진 판화 한 폭

통조림 깡통 밤송이 깎듯 밭곡식 바꾸면
마음 비추이는 갯고동 쌉싸름한 미각에
입꼬리 올라가고
해당화 활짝 웃음에 사르르 역류해

잊혀짐이 가까워질 모듬 친구들
교실 뒤편에 걸린 한갓지게도
기다리는 두루마리 숙제

둘레길 자전거에

평온한 흰백 머리카락
느리게 날린다
무엇을 할 수 있겠는가

마지막 기억 속 판화만
한 세대 넘는다

한강의 아침

예쁜 이슬
상쾌한 한강의 기상

만보걷기
약속이나 한 듯이 조깅슈트에 휴대폰
경쾌한 모습들이다

산책길 따라 알록달록 옷깃들
푸른 물결 펼쳐진 푸른 마음들

화려한 모습들 위 새빛섬 둥둥
우아하고 고급스런 가빛섬
파릇파릇 새싹 품어 하늘빛에 새기면
유채꽃들의 향연에 반짝이는 눈동자

어깨 너머
화려한 즐거움이 넘쳐나는 채빛섬
반포대교의 하이킹들 멈추고

달빛무지개분수
즐거움이 쏟아지는 한강의 르네상스

서래섬 억새밭 갈대들
가을을 기다리고
웅장함 멋스런 솔빛섬
흥겨운 노래와 춤, 재주 뽐내

건강을 찾는 만보걷기
서울의 심장이 춤춘다

망향병

일 났어요
한여름
육아의 힘듦이 건물 고랑 사이에
짹짹 짹 짹 짹

장맛비 아랑곳없이 둥지 속 새끼들
갓 부화한 일곱 식구
파리 하루살이 딱정벌레 날으는 해충을
어미에게 먹이 달라 입 벌리는 붉은 색 부리 쫑긋
꼭꼭 입맞춤의 모성애

우후죽순 솟는 콘크리트 벽
육아의 힘듦이 생명선이 끊어질까
길조의 우정이 사라질까
돌아올 기미마저 희미하다

제비 식구들
늦가을 찬바람 싫어 둥지를 떠나면
기억의 풍광 삼키고
망향병에 가슴 시리다

터널

직진
빗줄기 찾아와도 거침없이 달린다
무엇에 이끌리어 달리는 것인가

중생대의 빽빽한 천연림
아득한 옛날 습곡산맥 전경

인간의 원죄 화석에 박힌 채
암흑과 바꿔 버렸다

사활의 세계
물리적 헤드라이트와 직진
삶의 전부다

터널 속 작은 이슬이 있고
가엾은 자아가
비어 있는 공간에 욕심이 가득하다

헤드라이트와 직진
오직
살아남으려고 달린다

삼바

저 들녘
붉게 취해 버린 너를 부르니
내 심지 속 불 지른
소용돌이 정오의 빛은
널브러진 지친 발목에 취해 버린
엄숙한 생을 위하여
벅찬 노동을 하는 것일까

고개를 숙인 채
이렇게 시간의 명사에 머물지 않고

너를 부르고 나니
넉넉한 마음에 대지는 사랑뿐인걸
한 계단 한 계단
오르려고 할 뿐인데 곡식은 영글고

쉬는 시간도 없이 가는
한 덩이의 흘러간 것들이

역사가 되어 황금으로 익어 가면
마주 보고 다시 보고

보고 싶은 얼굴들
그리운 만큼 더 풍성해지고

나의 간절함은
그 언제처럼 하나씩 하나씩

서로의 이마를 끄덕이며
나의 이름 부르니
'삼바 엔레두' 삼바
만물이 춤을 춘다

거름

한 아름 누런 호박 한 덩이
산장 창고에서 걸어 나온다

겨우내 얼었던 땅이 녹기 시작하자
군데군데 호박 구덩이가
거름을 재촉한다

모아 둔 갈잎들 짚과 섞이고
인분과 섞이고 썩어
시간이 묵혀 낸 자양분
삶이 녹아든다

봄날
작은 동산 살찜은
수레에 실린 채 퇴비와 섞여
생명의 정기를 내어준다

퇴비와 섞인 거름흙

고르지 못한 날씨 참아 내며
얼었다 녹았다 살가움

이불이라고는 고작 가마떼기 지붕

하나의 밀알이
옥토에 떨어지리라 믿으며
기다렸던 애달픈 봄날에

낮

아침이 열리는 순간에
아픔과 고통은 아랑곳없는
이슬에 씻긴 천상의 얼굴들을 본다

오늘도 화이팅!

진실된 힘의 대결로
저마다 사연을 안고서
빛을 발산하는 색깔들이 제각각인데
오전에 부여한 사명은
아우성치던 점심시간은 낮잠 자듯
값비싼 기계들이 변화무쌍함 속에서
지쳐있는 게으름들
돌 틈에서 조형물 충혈이 흐른다

분명한 미립을 찾아 나선 젊음

가지 끝에서 숨죽이며 바라만 보지만
기로에 선 정오의 불은 끓어오른다
한나절
없음과 있음이

만남과 헤어짐이 분명한 길에서
낮은 요동한다
보랏빛 물들 때까지

콩나물탕

몇 시나 되었을까
시루에 몸을 불려 안치된 채
까만 지붕 열기만을
갠소름한 실눈 뜨고 살펴본다

너무 궁금하여, 옆자리를 쿡 질러 보니
아직도 모자 쓴 모습이 애잔하여
나부된 내가 민망스러워 숨죽이고 있다

단비가 그리워질 때면
무구한 역사는 파멸되고 말아
방출되어 나가기만을 학수고대하면서
일가견들이
편견에 물들지 않기를 바랄 뿐이다

한결같은 순수한 마음결에
차별 없는 DNA
무게마저 곱씹어도 우열은 없는데
살림살이에 이리저리 부딪혀도
살림의 번창에는 예전과 다름없지만

숱한 바람이 몸을 짓눌러
순서 없이 잔뿌리만 무성하니
입맛의 변화무쌍이 혀끝에 앉아도
토속의 깔끔한 맛을
잊지 말았음 좋으련만

흘러가 버린 시간에
콩나물탕 옛적이 그리워지니
콩나물탕의 시원한 맛

치례가 달린다

삼백육십오일 무심코 살다
고층 거각이 즐비한 도시를 비운다

하향하고, 상향하고, 하얀 하늘길
끊임없이
설맞이 기쁘고 설레며 맥을 뚫고 달린다

차령산맥 터널
중턱에 걸쳐 있는 구름
맥의 허한 가슴을 달래듯
빨갛고 둥근 쟁반을 숨기려 한다

치례의 물결은 출렁이고
충혈된 두 눈에
어물 3터널
어물 2터널
어물 1터널
졸리면 쉬어가세요
안전거리 유지

아들 딸 며느리
손자 손녀 사랑줄에 꽁꽁

한겨울 다 보낸 마지막 날
아무 일도 없었던 양 치례를 하지만
앙상한 나무 사열중대들은 원시림 기리며
맥의 고통을 하소연하고
매연가스 방지책에
되려 늠름함을 토출한다

봄

벚나무 둥치에
안개 몰아가는 샛바람이
나뭇가지 꽃눈을 어루만진다

소리 소문 없이 내려앉은 미세먼지에
고요 속에 갇힌 것 같은 피부가 무뎌 버린 듯
혹독한 겨우내 냉혹을 견뎌온 기다림의 힘

파열음에 퍼진 가지들 틈새로
반짝반짝 살아 있는 꽃눈
간절히 찾아 헤매는 그 꿈

꽃눈은 멈춘 시간 촉을 튀어
환한 빛 쪽으로 반짝반짝 번져만 가고
안개가 남기고 간 슬픔에
어느새 새싹이 돋는다

햇살이 스며들자 환하게 피어오른다
차가운 미움이 있었기에
누군가에게 듣고 싶은 그 한마디

귀하다는 걸 넌 알지 그 기분
삶의 등을 가만히 두들겨 줄게
햇살이 아린 온몸 어루만져 줄게
봄,
멋진 너였구나

만두

밀가루 반죽으로 빚어낸 껍질들
갖가지 재료로 속을 채우며
사람 손길 따라 갖가지 모양

심호흡 쏟아 지구가 되고
사람의 생기로 엮어진
그 속에는 내가 없는
하나로 맺어진 우리

사랑하고 협동하는 에너지
단백질, 비타민이 있고
필수아미노산, 5대 영양소
날마다 섭취해야 하는 에너지 자원

행복 만들고 협동하며 이어지는
창의적 사고로
꿈과 희망이 강물처럼 이어지는
만두의 소망

랜드마크

개강開講아 안녕
감았던 눈을 떠 보니
15주가 떠난 그 자리
왜 느끼지 못했을까

소중하고 아름답게 반짝이는 시詩들
이제야 함께 즐기고 싶다
〈작품 발표해 드리겠습니다〉 홍을선
가끔 엉뚱한 말로 웃음 안기고
〈입춘〉 우길선
봄이 오면
〈아내의 정물화〉를 그리는 이진호
작은 새를 보며 용기를 내
〈길 잃은 바다직박구리〉 이진숙

대장웃음을 배우자는 최웅식
대장 칭찬 아끼지 않는 이숙희
인류 평균수명 걱정
〈코로나예방접종맞자〉 전은희
이란자 사진에 가슴이 뭉클한 대장

중고컴퓨터 갑자기 심장 멈춰
숨이 끊겼다는 오정순
〈버섯고추장찌개〉 김혜태 반장
〈수제비 미역국〉 홍을선
〈멸치〉 전은희 〈대구탕〉 임유행
〈머윗대들깨볶음〉 유명숙
거나한 한상차림 후식
〈호두파이〉 황정현

늘 산책길 인도자
〈찔레꽃 산길〉 이란자
〈가람의 깊이〉 양을순
세상에서 가장 큰 꽃
〈라플레시아〉 이진호
백마로 하늘 높이
〈산벚나무 달리다〉 이선행
영웅 되고픈 〈뗏목〉 최웅식
〈안개속에서〉 김연주
순수한 삶의 〈아기웃음〉 유명숙
〈노을〉 강기영, 순례길 〈조장鳥葬〉 오정순
〈벽화마을〉 이숙희, 〈더그아웃〉 김혜숙

〈후회〉 최선자
익을수록 머리 숙이는 연지윤, 김영숙
〈그 자리, 그 위치에서〉 최병희
22명 랜드마크 한자리

그날을 위해 아쉬움은 시작詩作이다

보이지 않아요

국립산림치유원 소백산 자락에
멋진 데크길을 자랑하는
이름도 예쁜 마실치유 숲길
기피제 뿌리고 마스크 쓴 채
숲속으로 발걸음을 옮깁니다

엠블럼의 둥근 원안에 앉아
산을 보며 명상을 하니
치유원 숲으로 가는
전국 최고의 영주사과가
중앙고속도로를 질주하는 마스크에
시동이 꺼져 있습니다

사람들은 길을 잊었나 봅니다

지난해 2월
대보름 절기가 지나며 시작된
코로나바이러스19는
전국의 산림시설 산문을 걸어 잠그며
대면을 금지했지요

숲과 친구가 되는 힐링 숲길

봄을 밝히는 산목련 가지에도
햇살은 녹색의 새순을
산수山水가 뚝뚝 떨어지는
녹색 숲 사이 데크길 따라
긴 겨울잠에서 깨어난 숲속 친구도

멀어졌던 이웃과의 거리를
잎과 송진에서 나는 피톤치드 향을

해는 솔 쉼터에서
아직,
아무도 보이지 않아요

추모 공원

달력 한 장을 남겨둔
한 해 끝 무렵
친정아버님 모신 추모 공원으로
발걸음을 옮겼다

매서운 바람에 가지만 앙상한
을씨년스럽다 못해 바람은
나의 외투마저 벗기려 애쓴다

우뚝 선 나무 두 그루가
장승마냥 서 있을 뿐
가랑잎만 웅성대는 설움 소리에

쫑긋이 귀를 세워 방향을 찾아보다
지쳐 울던 가랑잎들,
발등에 내려앉는다

차디찬 심줄만 붙어 있는 데다
흩어지기를 거부한다

손의 온기로 나누자

누구의 탓도 아닌,
갈기갈기 찢긴 아픔만 남은 자리

창백한 자에게 활력을 찾을
겨울을 겨울답게 부추긴다

안부만 겨우 묻고 돌아서는데
까마귀 소리
끝까지 나를 배웅한다

아이 알리미

동틀 무렵
새들의 노래에 삶은 빛을 맞는다
어쩌면
쏟아지는 우주의 빛에 조아리며
엎치락뒤치락 수선을 떤다
시간이 주인이 된 이상
그의 명령은 인간 농장을 가꿔간다
수련해지는 현상은
열 손가락의 마디 마디에
생명선이 완연해질 즈음
무지개도 따라오겠지

시대여,

이토록
부모국에서 딸의 음성이 회오悔悟해 오면
부바로 키운 가슴의 아려움은
종일 아이 기다림을 어이 대신할 건가

나부랭이들의 오구잡탕함이 없는
하늘 눈을 보라

회동하여
기다림에 지친 아이에게
보라 – 머리동이로 가슴 짓자

섬마 섬마

똑딱선 한 척이 멈췄습니다

홍조에 비춰진 조각난 녹파에
날빛에 구부러진 넓은 갯벌은

기다림에 지친 미소년이
휘적대다 녹파에 밀려
우람한 장정곡포에 갇혔습니다

생명체들의 왁자지껄한 노래에
작고 힘없는 톤은 간절한 기도뿐
모태 속 모훈으로

당신의 숨결이
세상 만물에 속삭일 때
수련히 여겨
엉거주춤 바라만 보던 내 눈이
돌 틈에 감춰진 시어들을
살갑게 찾을 수 있도록 쫑긋하지요

무수한 생명들이 환류함 없이
갯벌의 속삭임에
당신의 목소리를 읊을 수 있다면

부끄럼 없는 작은 손끝으로
획을 그을 텐데

섬마 섬마, 겨우 겨우
무릎펴기만을
두 손 펼쳐 잡아주기만을

잡곡밥 가족상家族賞

오순도순 둘러앉은 식탁
자식들 담소하는 모습들
엄마 눈시울이 뜨겁게 젖어든다

한 뱃속 아픔은 어디 갔노
현미 보리 콩팥 수수 율무 조 귀리 참깨
바둥바둥 물 주던 생활사 어렴풋 스친다

야멸차게 뛰쳐나가 다른 삶터에서
백미 콩팥 수수떡이 잔칫상에 오르면
참깨 율무 조 귀리 지역 따라 함께해

세파와 싸움질
단련된 두루뭉술한 자태들
우쭐하며 기질들이 자랐네

젓가락 손끝이 당찬 콩이
곰살맞게 엄마 귓전에 소곤소곤

잡곡밥 가족상 수여에
엄마 사랑 식탁 위에 가득 피었네

잠蠶 사이

잠구를 준비해서
자드락 밭에 올랐다

누에 거적, 누에 시렁
채반에 누에씨 받아서 내려올 때
가파른 가난도 있었다

한밤중 적막을 깨는 5령들
사그락사르락
빗소리마저 더욱 실감케 한다

잠과 잠 사이의 고치는
13개의 마디마디
녹아 버린 흔적이었으리

친친 감은 실타래의 울림은
산기슭 자드락밭 그대로인데

아직도
그 빗소리만은 깨어나지 못하고
타래의 실을 잡고 간다

백지수표

나는 울었다
답답했다
마음이 쓰리고 아파온다

하얀 교실에
많은 감정들이 이입되어
떨려온다

까만 분필로 점을 찍어본다
마음들이 무한정 선으로 새겨 볼 텐데
가상 선은 자꾸만 밀려 나있다

아무렇게나 그려 보면 안 되겠지
접어둔 시간들이 있는데
다 써 버릴까
친구와의 줄넘기
공기놀이, 술래잡기놀이부터?

모래사장 다대포도 쓰자
시간들이 뒤엉켜 있잖아
아무렴은 어때

순서가 뭐가 중요해!

백지수표인데

아주 희미한 기억들까지도
그려보자
평생을 쓰자

머무네

그곳이 어디든 따라가다 보면
외로운 길에서는 말없이
가만히 울기도 했지
갓길에 주저앉아
꽃잎을 사이사이 책갈피되어
사랑하고 싶은 것만 사랑해도
아름다운 삶일 텐데
아무런 말없이 울고 있었지
그러다, 커리큘럼 서화되어
준걸한자 일깨우면
초읽기에
하얗게만 머무는 침묵일랑
눈물 멎기를 덮두드릴 때
깨끗하게 비어 온 삶의 이치를
그곳이 어디든 따라가다 보면
무수한 글 줄기
가만히 곁에 말없이 머무네

시간이 없소

비 오는 날
커피 한 잔에
마음이 다 비어지는데

노을 진 하늘에
땅거미 드리운 듯
막막한 어둠이었지
성경 묵상에 앙칼졌던 미련함
'시간이 없소'
고뇌의 아픔은 좌우명이 되어

세월은 파노라마 되고
풀잎에 떨어진 눈물은
베네치아로 흐르는 강물이 되어

하늘의 소리에 귀 기울이며
내가 희망하는 삶을 찾아
심장에 노를 젓는다

여름 여행

왜일까
무더위를 피해 제주도 5일
딸은 계절 따라 엄마와 휴가 만들어

기뻐해야 할 엄마 얼굴
태양을 마주하고
하늘에 얼굴 그린다 아버지를

물끄러미 한참을
구름이 지나간 자리
그리고 또 그리고

어쩌라고
미혼인 딸 둘

휴가를 엄마만을 위하니
배우자 언제 찾을꼬

새 달력 넘긴 지 엊그제 같은데
하지夏至야

해 못 박아 주려무나
한 방 소나기 퍼붓는다

공원은 아픈 얼굴

가지만 앙상한데, 산책자들 거리두기
아픈 얼굴처럼 창백하다

칼바람은
보행자들 외투마저 거침없이 휘젓고
움츠린 사지가 이리저리 날린다

우뚝 선 장승도
악마의 힘을 견뎌내기 힘이 들고
멍청히 눈만 부릅뜬 채
기력마저 쇠해졌다

가랑잎만 웅성웅성
설움 소리에 쫑긋해진 귀들은
방향을 돌린다

지쳐 울던 가랑잎
발 병난 발등의 온기를 가린다
두툼한 외투가 날쌘 손길로 떨어낸다

어쩌나
저 가랑잎의 온기를

공원은
아픈 얼굴로 창백하다

폐교

여기저기 찢어진 타이어 조각들
찢어진 비닐 잔해들
죽은 짐승의 털들이 떠돌고
먹이를 찾지 못한 새떼들
녹슨 지붕 위에 잠시 앉았다 갈 뿐
폐허가 사납게, 은밀하게 보여준 쓰레기들
모두가 전조등이 비상이다
국기 게양대에는 국기 대신
지주대가 우뚝우뚝
꽃바람은 한통속이 되어
방향을 방관하고
그래도 지워질 수 없는 봄은
다시 돌아오고
울타리 옆 벚나무가
분분하게 분주하다
소소리바람이 괴롭혀도
무궁화 꽃망울은 꽃 떡잎 받쳐
시나브로 눈물 맺히고
별꽃은 우왕좌왕
교실 안을 기웃거린다
등하교가 필요 없는 먼지, 허물들만

수년째 학습하고 있다
폐교 운동장에는
재잘거림의 맑은 '소리표'들만
소태나무는 졸업하지 못한
나를 빤히 바라본다

2부

몰입하는 삶

애솔

뒤안길 따라
집을 나선 모습이 처량했지만
오늘따라
궁색한 저력퇴치법에 나섰다

그 지난해 물난리에
심겨진 애솔에게 하소연

해는 걸려 있고
표적들은 젊은 산들의 호흡 따라
하늘을 향해
우뚝우뚝 눈을 들고 있다

중턱에 올라서자
웃음 짓는 모습이 희희낙락하다
물 한 컵 들이켜고 나니
뿌리가 웃음진다

벌거벗었던 일상이
이만큼 더, 이만큼 더
에돌던 앙상한 모습이

덩달아 의기양양해졌다

순응치 못했던
만연한 질병이 되려, 움츠려지니
청사진 펼친 듯이
칠칠하게 저력이 늠름하다

디딤돌

소나무
잣나무 울창한 숲
한아름 잣나무 숲에
송진 향 그윽한 자연 휴양림
비룡산*을 향해
필기도구를 들고 나선다

집을 나서기 전
산수유차 한 병 들고
이른 봄의 향기
만끽하고픔 간절함일 게다
한눈팔면
헛걸음 높은 개울을 피해
여울의 얕은 곳
드문드문 돌무더기를 피해
물이 소리 내어 흐르는
맑고 청명한 하늘 품은
초입에서부터
맑은 물에 바위와 돌들에 계곡
얕은 곳에 드문드문 놓인 디딤돌
두 팔 하늘을 향한 야호 소리에

집을 나설 때의 우울함이
메아리 화답에 마음까지 부푼다

디딤돌을 흔들어본다
미동도 않고 꼭 박힌 디딤돌
피라미들 놀랄까 봐 가볍게 훌쩍훌쩍
뒷발 들어 조심조심 딛는다
하나 둘 셋 넷 다섯 여섯
가나다순
시 창작 분들 낭송하듯
낭랑한 목소리 여울물 소리와 낭송
디딤돌 선생님의 따뜻한 교훈
앞으로 출시出詩하는 원동력
한 걸음 한 걸음 기쁨되는 디딤돌
어느새
햇살 너머로 계곡 바닥이 분홍빛 감돈다.

* 비룡산(축령산) : 자연 휴양림. 경기도 남양주시 수동면 외방리 879m.

박주가리

3월이다
아직 겨울이 걷히지 않은
차가운 바람 스치는 들녘

나무에 매달려 있는 박주가리
달걀 세운 듯 꼬투리 안에
명주실 은빛 날개 단 요정들

홀씨 되어

버스가 지나는 넓은 길을 지나고
강을 지나 바다를 건너
약한 바람 강한 바람
새 세상 찾아 제각각
지구의 겉면이면 어디든
따스한 땅 속 내음에 봄꿈 꾼다

비 맞고 햇빛 받아 뿌리 내리고
거센 비바람 감싸준 지주에
반짝이는 초롱꽃 줄 잇고
울타리 담장엔 씨앗 여물고

덩굴 벋어 껴안는 박주가리
어둠 비춰 줄 꿈이 자란다

마주보는 잎새에 사랑 싹트면
나물 주고, 약 주고 뿌리까지 치료사
나눔의 향연 펼친다
마치, 박주가리가 우리들 같다

속앓이

후덥지근한 날씨
창문에 연신 빗방울이 흘러내린다
가랑비가 우울함을 거둬가는 한나절

구리시를 건너 한강으로 흐르는
개구리들의 울음소리 각종 여름벌레
나무의 그 우거짐 나만의 공간
태조 이성계가
8일 동안 머물렀다는 왕숙천
'왕숙교 무더위 쉼터'에
답답한 일상이 쉬고 있다

글벗아,

카톡사진으로 닮았다
아니야 언니가 더 미인이야
언니하고 꼭 닮았어, 아니야
글쟁이는 아쉬움에
랜드마크를 달아 올렸다
너무나 귀엽지 않은가

사람의 마음은 다 다르다는 걸
왜 몰랐을까
글벗은 백년이고 영구보존이니
퇴고할 것을 요구
퇴고하지 않으면 병날 것 같단다
황당한 마음
글벗은 훌륭한 글만 쓰겠지
병까지 나서야 되겠는가

이성계와 이방원의 갈등이
조선의 시작이라면
이 자리의 쉼에
얼마나 고뇌가 심했으랴

하천에서 풀어 보련다
속앓이 말아요
시작詩作해요

괜찮아

시골 하늘이
보랏빛 햇살에 눈부시다

나 홀로 사모한 꽃피는 동네
안달나게 하룻길 숨 몰아 온 길

부모님 따라 내 모습, 하얀 꽃가루
탱자나무 울타리가
울적해 하며 반긴다

작년 이맘때
넓적한 가슴 메아리쳐 오던 5월

꼬옥 손잡아
아쉬움의 온기를 쥐어주며
아랫목 방석이 되어주며

나락 떨 때 내려와라
둑방길 따라 한해를 그리던 그 이

산초 따러 골 겹겹에도
쉬어가도 괜찮아
폭포 소리 가슴 졸인다

바다직박구리

5월 품어 줄
모름지기, 텃새
바위 절벽의 바다 등대지기

이름처럼 바다를 닮은
고운 푸른색 날개
앙증맞은 정열의 몸가짐

발아래 일렁이는 초록빛
바람결이 달고 온
물에서의 상큼한 꽃향기
5월은 바다직박구리 가정의 달

친구의 수수한 날갯짓에 이룩한 가정
한동안 혹독한 한겨울
홀로 견뎌온 저마다의 삶

파도 바람 인류의 오염된 '달러박스'들
광활한 바닷속 아픔들을 싹쓸이
방파제 몰려든 슬픔

근원조차 힘들게 해
바다 파동마저 슬피 운다

나의 좋은 친구 오기를
파란 눈동자 굴리며
마냥 기다리고 있다

한가을

언제부터인가
해맑은 코스모스 들녘 길을
대목 장날에 바쁜 보름달이
시샘을 부렸네요

가을걷이 한창일 때
넋 놓고 사색함이 무지한 짓이래요

소녀가 들판을 아로롱다로롱 바장이며
허출함을 달래며 가겟집을 기웃거릴 때
시샘의 꾸짖음에
가냘픈 잔허리만 남았지요

하늘은 높고 말은 살찐다지만
올가을은 유난히도
시끄러움에 혼이 나갔지요

황금빛 물결은 일렁였지만
먹구름은 들판을 마구 어지럽히고
부지깽이는 매로 쓰이지 않았으며
천고마비는 옛말이 되었지요

어쩌지요
이지러진 달이 시허예지고
고압선에 매달려 넋두리만 윅더그르르
요란을 떠네요
등압선은 무풍지대

한가을
홀로 핀 소녀만이 웃음을 새기네요

명자나무·1

뒤뜰 후미진 곳
명자나무 한 그루

반겨주는 이 없이
수십 년을 한결같은 모습으로
봄철에는 가지 끝에 태양을 달고

스쳐가는 바람꽃에
그윽한 향을 실어
뒤뜰을 꾸민다

처음에는 관상용으로
앞뜰 무화과나무와 친구였는데

언젠가부터
뒤뜰에 옮겨 버려진 고아가 되었다

그리움은 알을 품고
빛을 발하다 보니
고향이 중국의 무인궁도라
할아버지가 가져오셨다는 사실을 알았고

가족들은 잘 돌보지 못한 아쉬움에
할아버지의 몫으로만 생각해 왔으니
역설에는 이유를 묻지 않는다

품격의 으뜸을 보려면
명자나무를 보라신다

어떠한 고난도
천둥이 몰아칠지라도 끄떡없음을
열매로 보라신다

듬직한 한결같은 마음으로
약탕을 드린다

명자나무·2

5월만 되면
뒤뜰 후미진 곳이 밝았다

명자나무는
달뜬 눈으로 생명을 길러내는
오묘함에 푹 젖어든다

햇살의 물결이 빚은 짙은 파릇함은
지나간 바람에 꽃물이 들고

비라도 내리고 나면
꽃송이, 송이에 고인 물은 다디달고

나의 마음에도 새순이 돋아
하나씩 불어난 새순이
열다섯이 되었을 즈음

나의 몸에서도 붉은 꽃이 피었지
영어 선생님의 사랑에
고만고만한 사이였다는 걸
너의 옆에서 많이 울었었지

세월이 약이라고
너의 액즙으로
아름다운 사연도 많이 보내었지

줄기 위에서는 셀 수 없는 많은 이파리가
햇살의 물결에 흔들리고
짙푸른 정취를 담은 사연은
알알이 영글어 간다

어느덧 하늘을 향해 뻗은 나무는
맑은 공기를 내뿜고

햇살은 드러나지 않는 응시로
나무의 고즈넉한 속삭임을 깰 즈음

뒤뜰에서는 평화로운 정취가
새들의 재잘거림에
함께 노래 부른다

오징어덮밥 매력

문우들 수업 마친 후 점심때
배고픔과 반가움 자리를 비껴가지 못한다

모르지

얼떨결에 마음이 머뭇거려진다
장소를 묻는 건지, 음식 이름 묻는 건지
게다가 찌는 여름 하늘도 한 몫이다
오징어덮밥
한 문우님의 큰 소리에 준비된 불판 철판냄비
음식메뉴 따라 듬뿍듬뿍 준비된 음식재료가 담겨져 나온다
철판냄비에서 뜨겁다고 음식 재료들이 자글대는 곡조에
배에서 꼬르륵 소리 한창인데
문우님의 재빠른 집게 든 손놀림에 뒤집혀
야채 익혀 가는 풍요한 매력 맛 장구에 군침 돈다
한입 좋게 썰린 하얀 오징어살 발갛게 물들고
문우들의 모인 식탁이 자글자글 익어 갈 때 즈음

그렇지,

각자 앞의 하얀 공기밥이 한 솥에 어울린다

마음도 따라 어울린다
입안 침샘을 자극한다
오징어덮밥의 매콤함이 주변의 기운을 북돋운다
모인 자리 한결 황금 레시피다
함께 버무려진 오징어덮밥, 맛있게 익혀지는 하모니
마음을 나누고 웃고 떠드는 즐거운 하모니
함께 어울림의 자리
이 모든 순간이 귀하디 귀한 문우들의 따뜻한 심상

맞아요
오징어덮밥 매력

여행

하늘도 땅도 달라 보이는
날아갈 듯한 마음에 가슴이 뛴다

오감을 느껴 보고 싶은 간절한 마음
모든 것을 새롭게 관찰하고 싶다

구름이 떠가는 이유를
시야에 스치는 농부의 가슴을

산새의 우거진 푸르른 희망을
파도의 우렁찬 불협화음을

찬란한 보석 상자에
자연의 하루를 담아 보고 싶다

나를 가만히 들여다보며
친구와 인생 이야기를

걸음을 늦추면
한결 아름다운 삶을

사물의 아름다운 풍경의 시각 예술품들
맛봉오리 혀에 맺힌 미각 예술품들
이 날 하루를 품어본다

그 순간이

가을이 왔지

외투를 걸치고 틈틈이 하경할 때면
지난밤 꿈에 본 장면 머리에 이고
황금벌판 퉁퉁걸음에 메뚜기 따라잡기를
10월의 옷깃을 바람에 맡긴
바로 그 순간이 상징이었지

사립문 열 때면
두어 마당 그리던 손은 보이지 않고
푸른 저녁 속에 타는 가슴
그 순간이 은유였지

텅빈 마당에
가을이 하나 둘 잇따라 셋 넷
문턱에 죽음이 자유로이 넘나들던
그 순간이 시였지

아랫바람에 고개 숙인 저녁별의 리듬
소복이 쌓이던 여운 지난밤 꿈에 본
그 순간이 시마詩魔였지

5월

수줍은 아기 햇살
분꽃 접시꽃 나리 옥잠화 능소화

앞마당 화단에서 평화를 노래할 때
나무와 꽃들의 유혹

장미의 신비로움 불타오르면
자연과 공유하는 일상에
외출이 신바람 난다

삼천리 산과 들이
녹슨 무쇠를 깡그리 갈퀴질해 버리고

두만강 해빙도
우리네 마음도

깊고 붉어지는
5월아
활짝 피어라

낭만의 색을 찾아

제주 섭지코지에 반해
이젤에 화지를 걸친 폼이
그럴듯하다

먼저
물로 하늘을 입힌다

해안 따라
코발트블루에 보랏빛 순비기나무
넓은 잎 털머위, 목덜미 삐죽한 사구들의 까만 실체들
일출과 일몰이 바닷가로
이어지는 파릇파릇한 이끼 갯바위들
반기는 오름지기들까지
표정들의 절경이 다채롭다

어쩜,
한가롭게 풀을 뜯는 언덕의 말
평화롭고 아늑하기까지
파도가 지형의 아픈 상처 달래는 연륜에
암석 파편의 고난들
용암과 화산재 응해암

날카롭게 뻗은 기암괴벽
마그마 분출파도의 통로 사라진 분석구들
해변 따라 길게 늘어진 산책로와
하얀 등대 그리고 성산일출봉

지금에야 애달픔은 사라지고
고난의 아픈 상처
널 지극히 아끼고 사랑한다는 걸
푸른 물결 흰 포말로
선돌바위 자랑에 우뚝해
오름지에 흐드러지게 뽐내는
제주 섭지코지
멋스런 낭만의 색을 찾아
수채화에 담는다

나팔꽃

동틀 무렵
아담한 뜰 안의 나팔꽃

수줍은 듯 웃음 지으면
내 마음은 산뜻해진다

덩굴져 감아올린 잿빛

어느 순간 활짝 웃음 짓고
보랏빛 붉은 마음
패러다임 흔든다

시간과 동행하며
배우고 다시 배우며 또다시 비우면

배우고 또 배우고
비워 내고 또 비워 내고
아침 나래에 매달린 나팔꽃 닮는다

새벽

창문을 열었다
이슬 털고 일어나는 풀잎들
일상의 의미를 일깨우고
무엇을 위함이듯
살포시 미소 짓는 하늘빛
이미 감춰진 별들
배밀이 안개 걷히면
아침이슬 속에서 눈을 뜬 꽃봉오리
나팔꽃 개나리 별꽃들
진실한 사람들의 품에 안긴다
무엇을 위해서가 아니야
쏟아지는 햇빛 한 줌 모시고
깨끗한 젊음을 찾아

포도송이 월례회

겨우내 곁가지를 자른 포도나무
생각들의 나눔, 알알이 열린다

시간이 차곡차곡 쌓이고
교류가 물길처럼 이어지고
공유하며 공감하고
서로 간의 마당을 만들고

관계 속에서 행복을 느끼며
구심력을 이루고
원심력으로 착한 영향력을 만든다

스스로의 정체성을 유지하고
다양한 생각과 생활 향상

알알이 맺힌 모두의 일체감
창의적이고 다양한 관계 속

푸르고 싱싱한 공동체
치유하는 삶

독특한 포도송이 월례회
나눌수록 커지는 행복

유채꽃 나들이

5월 들어
오늘은 미세먼지도 없이 청아한 날

경기도 구리타워가 보이는 하천 쪽
왕숙천에 흐드러진 유채꽃 나들이

온통 노오란 세상
사진 찍기 삼매경에 빠진다
아기들의 재롱이
하늘거리는 바람도 웃음 담아
활짝 웃음이 넘친 반가움들이다

땡볕이라, 챙이 짧은 모자지만
쓰지 않은 것보다
봄기운 가득한 바람에
흩날리는 유채꽃보다
맑은 빛 아래 노랑 빛깔의 이끌림이
왕숙천을 매혹한다

마스크 없이 즐기는
첫 봄꽃 유채꽃

살랑이는 봄바람에
봄볕도 향연에 한껏 취한다

유채꽃 닮은 깔깔대는 웃음들
세상을 밝게 물들이고

바람 따라 웃음 짓는 노오란 희망들
우리네들 식탁에도
활짝 피어난 웃음이
희망의 속삭임으로 넘친다

자산홍 예찬

비 내린 뒤
5월의 정원
보랏빛 자산홍 무리의 눈망울
정원사 발자국 따라 언덕배기
하늘까지 물든 삼매경에 빠진다

숲길 사이사이 반기는
들꽃들의 앙증맞은 사랑의 눈길들
가장 먼저 핀다는 선입견일까
비옥한 땅에서의 자생능력일까

여린 꽃잎들의 힘
겨울을 참아 낸 줄기찬 번영
우렁찬 기상
알 듯 모를 듯 에두른 젊음
선두선 민낯에 보랏빛
햇살로 물든다
꽃가지 올망졸망 눈꽃 틀 때면
봄의 향연은
다소곳이 손님을 맞는다

자산홍
아우성치는 수많은 꽃망울에
다듬어진, 피고 지는 젊음
줄기찬 번영으로 이어지는 기상
아름다운 우리네 협동심이다

촉감

낙엽 위로 사르락사르락
고통스런 발걸음이 무거워

덧없이 모든 것은 변해 가고
미련한 것에 대한 집착만 쌓여 간다

진액이 빠진 마른 잎들
갈증을 달래느라
깊숙한 삶을 가누질 못한다

고무나무의 진액을 뽑아내듯
기품은 찾을 수 없고
쓸쓸함만이 고요히 삶을 훔쳐갈 뿐
마른 잎에 촉감은 울어대고 있다

7년의 걸음 끝에 싹이 나와
이제야 자유로운 비전
촉감을 느낀다

무궁화에 숨은 사연

날 낳아 주신
엄마 생각날 때
무궁화 피었네

연분홍, 하얀 저고리, 빨강치마

엄마 지어준
무궁화였네

시나브로 피어나는
화사한 매무새

아빠 섬세한
성품이었네

깊은 곳 숙연함은
내 삶 속에 간직한
마음이었어라

회화나무의 꿈

어떤 이에게
새벽은 길고 아침은 멀다는데
간밤에 내린 비에
화들짝 떨고 있는 회화나무
선비의 기침이 날을 재촉한다

빛의 차가운 능청이 즐비한데
짚으로 친친 동여맨 볏짚 사이로
딱정벌레가 금빛으로
쑥 얼굴을 내민다
하는 짓 땀직하여
가자미눈 되어 먼빛으로 살핀다
벌레가 머물다간 나무 등골이
끈끈한 땀기에 뭉그적대고
잘라 낼 나뭇가지 안
눈이 트일 자리마다 촉이 알싸하다
화답하듯 미명이 어둠을 가른다
배스듬한 회화나무 이번엔 봄을 알현하듯
배시시 잇몸을 드러내려 한다
그렇게 촉은 겁이 없고
멋대로 뻗은 가지에

다투어 발화를 부추긴다
잘린 풀떨기 겹겹이 쌓인 퇴비가
몽골몽골 지열을 터뜨린다
나만 빼고 모두가 가능이었던가
새벽은 배웅이고, 아침은 마중이었던가

사하구 모래톱
선비 가슴에 회화 열매 가득하다

사하구 모래톱

아침 이슬
툭툭 털고 일어나는 모래섬
해맑갛게 씻긴 얼굴 빛난다

그곳에서 삶의 의미를 깨닫고
청아한 하늘빛, 진실을 깨닫게 한다

남서쪽 바다 소식을 뭍사람들에게
태곳적 전설까지 담아 모은 뒤
허공에 점을 찍어
바람 따라 스르륵 날아가는
모래 물결
사막을 닮은 바닷가 모래톱
하늘이 내려준 오아시스

싸늘한 가슴속 바람이 일렁일 때
산 냄새 자욱한 민박집 뒷마당
밤바다 파도 소리에 흔들리는 마음
잠재우지 못한 채
아침 이슬 털고 일어난 모래톱
그 재잘거림에 귀 간지러워

바닷물이 저만치 밀려난 해변
해변의 모래가 물결무늬 그리는
사하구 모래톱
밤새 묻어온 짭조름한 바다 내음
바람에 실려 흩어진다

토너먼트

줄다리기를 한다
한 줄에 매달려 불꽃 튄다

함께 압도 속에 한쪽으로 끌려가면
마찰력은 땅을 뒤집고
흙의 시련에 겨울에 죽었다가
봄에 다시 싹을 틔운다

누가 알겠는가
거꾸로 보는 인생
백혈구면 어떻고 적혈구면 어떠랴

현기증에 맞서 파멸하느니
단결하지 않으면 이길 수 없고
두 팀 허무함을 더해간다

서로 공존하면 되지
서로 용서하면 되지
억압하는 것은
지혜로운 사람을 미치게 만든다

선한 일만 하고
절대로 죄짓지 않는 사람은
세상에 없다

고였던 눈물

한달음에 선산에 올랐다
오월 들어 삼원색의 들판
제 빛깔 자랑에 잎 손 흔들어 답한다
한 세상 내려놓은 아버지 자리에
고였던 눈물이 무겁기만 한데
저편 나뭇가지에 해오라기 울음큰새
빗찔르르 빗찌르르 빗찌르르
솔바람은 선산발치에 비켜 가고
앙증맞은 털복사 실눈으로
가족들 못다 한 말을 새긴다

3부

즐거운 삶

에고ego의 불황기에

어쩌다
찌든 도시 생활에
호황기가 있으면 불황기는
골수까지 파고드는 흥분과 우울

이렇게 됐지

모든 존재가 부풀어 오르고
고요한 비통이 온몸에 퍼져
명의를 찾아 헤매다 케이블 되어
기대치는 바닥에 던져진다

천지창조에 버금가는 휘황한 조명 아래
별빛보다 네온사인으로 질주하는 애벌레들
귀뚤귀뚤 헤매면 양옆에 늘어선 소나무들
상수리나무들은 축제 이브에

정지定志되어

금화빛 은행잎으로 융단을 깔아주고
들판의 황금빛 몰고 온 마사니들

까마득히 잊고 산 그들과의 만남도

갈바람은
에고ego의 불황기에 새벽을 깨운다

아침에게

봄 하늘이 아침을 연다

그 햇살에 눈이 빛난다

바삐 내달리는 차도 행렬에
차바퀴는 시간을 거스르고
차창 속 고뇌들은 꿈속으로 빨려든다

아침아 솟아라

이들을 위해
지난밤 밖에 뱉어 버린
차가운 가슴과
더운 가슴
그리고 토해낸 냉소
사랑으로 우리를 위해 품자

배척으로 멀어진 이들
너를 가까이 원하기에
용기와 담대함을 그릇에 담자

너는 숙명이기에
흙을 빚고 돌을 깎듯
창조 생활에 최선을 다하자

도래된 아침에게

24시간

새벽 0시에서 시작이 옳은 것인지
괜스레 우쭐하는 시침

태초에
아담이 돕는 배필 하와를 지음처럼
24시간 활동량이 한 시간, 두 시간 차곡히
만삭된 하루 스물네 시간
1교시, 2교시 점수 따라 불리는
교육의 목소리는 고품격 숫자

초롱초롱 동자 하나 둘 셋 넷
무수한 밤하늘의 별에게도
별똥별 유성들이 잠을 설쳐
하오는 지샌다

아무리 달을 위성으로 가진다지만
네게는
땅의 한 구획들의 자전주기 24시간
아낌없는 순간들은
억만년 역사를 품은 숫자

꿈속에서 그렸던
하나, 둘, 셋 무수한 별들
낮과 밤의 시간 속에 그려진 너와 나
24시간 순간들의 희생은
바로 너였구나

새해 일출맞이

지금
바다와 해오름에
제야의 종소리와 함께
하늘이 나의 눈 속에 가득하다
이 순간만
한해 주신 사랑에 감사하며
건강과 평안을
병마와 시달리는 분들
쾌유를 기원한다

굶주림의 허덕임
인류에 내린 재앙들
주어진 삶 주신 은혜로
회복되기를 소망하며
사랑스럽고 자랑스러운 것인지를
한해의 삼백육십오일
가치 있게 살아가는 일
고통을 받아들이는 용기
책임을 질 수 있는 능력

꿈꾸는 대로, 말하는 대로
지치고 피곤한 발걸음
다른 길은 없다
삶은 끝이 없다지만
겸허히 낮추고,
지혜롭게 충실하면 된다
회개하는 마음들
야단법석이다

진작
너만은, 너만은 숭고함이지
가슴에
나이테 하나 더 긋는다

시댁

신축년의 시작이다
희망은 고향 땅에
의령의 산천초목이 흰 송아지 탄생을 경축하여
천상의 곽재우 장군도
붉은 옷을 휘날리며
창조의 기쁨에
하얀 눈으로 포근하게 감싼다
한지韓紙에 '흑우생백독 경축' 시詩로 지어 돌돌 만다
님은 존귀한 의령의 자녀라
비바람 몰아치던 날 뚝방길 노역에
엄마 가슴 새겨진 별을 보았다
어깨 두른 책보자기에, 서러움에 지쳐
의령학당 손 흔들며 눈물 닦던 날
그 사랑 멀리 떠나
삶 속에 잊혔던 그 은혜가
11세가 어른이 되어
굳었던 마음에 파고들어
서책만을 들여다보며
다시 님을 그려 본다
보배로운 길은 나눔의 길인 것을
구름이 걷힌 뒤안길, 무지개는 잡을 수는 없지만

후손에게 물려준 정신 계승은
분명
존귀한 의령 땅의 자녀인 것을
하늘은 보배로운 길을 내어주신다

오늘

모색하는 멘티
새벽이 오는 귓전에

오늘은
인생을 바꾼 만남입니다

매사에 심리적 주문을 외우듯
그러나 꾸짖듯 오늘도 기다려줍니다

아낌없이 치르며 비상하는
최고의 목표 두려움을 가져보지만

대단한 사람인 양
실제로 정말 대단합니다

소명 아래 집중 도약

여울이 소금되어

소나기 그치자
하늘이 뚫리고
쨍하니 빛이 쏟아진다

산마루는 대찬 폭포에
어지럽게 용트림 입 벌린 채
명지의 염전으로
메아리와 화음 만들고

더 멀리 더 멀리 바다 소망 그리던
굴러진 조약돌들 쌓다쌓다 지친 듯
누구를 위한 것인가 숨죽인 기다림

생명수 모태 한아름 둘레
돌돌 쏴 돌 돌 쏴 소프라노
암반에 역사는 박혀

수십만 년 몸을 뒤척이다
바다에서 부딪고 얽혀진 매듭
여울이 소금되어 빛난다

비자나무

아름드리나무가 죄다 잘려
민둥산이 된 비자나무 곁에

살포시 내려앉은 햇살은
청진기로 이리저리 돌려 가며
좌우로 각각 열아홉 길을 낸다

삼백예순날 교차점 반 위에
복궤철도의 길을 위아래로 잡으며

희고 검은 투구를 씌운 혁기로
번갈아 승부를 겨루는 싸움판이다
햇살은 복굴절로 승부를 가리지 못해
쌍방의 집 수효에 '빅'을 선언한다

여기저기 찢어진 타이어 조각들, 검은 잔해들
먹이를 찾지 못한 검은 새 떼들, 찢어진 비닐들
길 한가운데에서 죽은 털 짐승들
사납게 질주하는 자동차의 붉은 형체들
전조등이 모두 비상이 되어

재앙과 저주의 도시가 되었다
까닭 없이 마음이 불안하고
어떤 경계에 서 있는 걸까

화창한 봄날인데도 소리가
두통을 부른다
도시는 우왕좌왕 방향을 잃었다

비자나무 헌신에 시험관아기가 탄생한다

학교 운동장에는
재잘거림의 맑은 목소리
맑은 웃음만 오롯이 남아 있다

울림

달력 한 장 넘길 때마다 마음가짐은
열두 줄의 소리에 그대는 옹심雄深한다

가족을 위로하며 견디어 내는
무궁한 어머니의 길은
비록 늙어 겉모습은 차츰 바래진다 해도

새봄에는 새 잎새가 되어
새롭게 태어나
너그러운 마음 자락 펼쳐내며
싱싱하게 물오른, 맑은 목청의 나무

자녀를 낳아 키우는
한 가정의 혈통과 가문을 이어가는
불가사의한 어머니의 그 정신력을 보라

유쾌하고 행동도 생각도 진실한 밝은 표정
신선한 감각 모습은 화사하나
노력의 열매는 무겁고 달아

없는 데서 있게 하여 어깨 처진 가족에게
어떤 역경도 참아 내는 너그러움을 보라

지난겨울의 어둡고 괴로웠던 마음자락을
얼음 풀리는 냇가로 나아가서 목청을 풀어

그 누구에게나 괴롭고 힘들었던 지난날
비록 혹독한 겨울 가혹스러웠다 해도

얼어붙었던 눈 언덕이
허물대로 허물어진 그 자리에서
새봄을 준비하는 수련의 기간에

더욱 충실하고 튼튼한
떡잎이 싹트는 울림

품안에 실록을

연둣빛 숨을 뚫고
다섯 시간을 질주해
오대산 사고에 닿았다

양옆 해맑은 연분홍 진달래들이
객인의 품 안에 안긴다

숲에서 쉬고
맑은 물과 오염 없는 경관을 지나
조선왕조실록과 의궤가
그곳으로 자리를 틀었다

위리안치된
옛 조선
밀삐로 지게에 꽁꽁 묶인 실록
25대에 걸친 472년 사서가
울음을 멈추고

어둠을 깨고
32세에 요절한 철종
가련하기 그지없어

한동안 눈물을 참지 못했지

숨기려 애쓰다 애쓰다
150여 년을 묻어버렸네

나의 품 안에

청둥오리 팻말을 하늘에 붙이다

'발을 돌려 달라'
호숫가 분위기는 침울하다

축 늘어진 갯버들 수림길
호안 공사로 깊게 물이 괴이고
집 울타리로 변신해 간다
4대강 물 흐름을 위해
수변부를 잘라냈던 흉터

'김치~' 여행객들의 애달픈 마음이
실개천으로부터 흘러온다
갯버들도 따라서 손을 들어
월동준비에 바쁜 엄마는 중굿날
날을 잡아 둥지를 준비하고
부란하기만을 고대하다

널따란 물 위로 털퍼덩
포르테 피아노로 은파를 두들겨
교육 현장으로는 최고의 운동장이다

평화는 잠시뿐
객이 몰려오자 엄마는
자식들을 불러 모은다
아빠는 발가락 사이의 물갈퀴로 원을 그리며
위엄 있게 꽥 꽥 훈계한다

하나 똥을 싸되 알에는 묻히지 말라
둘 위험이 있어도 산에는 절대 가지 말라
셋 너희는 선대로부터 유업 받은 옥새다
넷 부모 곁을 떠날 때가 되면 비겁한 언행 삼가라
다섯 배은망덕으로 오리발 삼가라

높푸른 팻말은 우렁차게 토해 낸다
친환경 농법 별미로 농사에 참여하고,
'의·식·주' 심지어 '발'까지 도용한 잠수부들
저작권료를 지급하라

황금의 들판은 호령바람에 놀라
변명 한 마디 못한 채 고개만 숙이고
파란 하늘에 옥새를 품은 청둥오리들
능란한 곡화로 브이 자를 칠한다

눈동자 잎새

한참 길을 가다 보니
잊을 뻔한

각인되어 있는 그 눈빛에
황금빛에 재롱 뜨는 푸른 잎새와
반짝거리는 빛에 눈을 마주 보며
슬픈 눈으로 하늘을 쳐다봅니다

재빨리 눈동자에 시간을 그리며
삶의 크기는 숨겨져 있고
마냥 기웃거리는 생각은 차츰 깊어

참으로 고단한 시간에
까만 맨홀 뚜껑을 열고
삶의 시간을 엽니다

사정을 알지 못해
얼굴이 화끈거려
눈이 마주칠 때

힘이 되어준 각인된 눈동자

너무나 정교하게 잘 다듬어진
인생의 길을 배웁니다
기쁩니다 그 잎새,

내 눈속
각인된 눈동자 말입니다

논갈이

논은
무방비로 겨울을 이겨 낸다
영하 동면에
씨알머리없는 생명체까지도 파고들 때면
대지는 내공 쌓기에 더욱 힘겨웁다
달구지 소리에 정신이 번쩍
봄 오는
소리는 멀어지고
아물아물 우렁이 얼굴을 간질댄다
생명체는 설렌다
땅마지기 논밭에는
광활한 데카르의 위력마저
황소눈망울에는 아랑곳없다
외롭게 멈춰 선 트랙터
논갈이 낯빛에는 낮살이 맺혀 있고
한무릎공부 녀석 사이갈이 할 때면
눈물이 그렁그렁 숲을 이룬다

그 자리, 그 위치에서

팔월의 마지막 오늘
머물다 간 것은 무엇인가

어린 잎새부터
해마다 그대로인데

올곧지 않은 집 잃은 난민처럼
약한 마음 구석구석 떠도는 상처

옹골지게 뿌리는 박혀
팔월 속에 오래 머물다
하늘에 붉은 수줍음만 남긴다

욕망이 끝없이 넘쳐나는 팔월아
나를 비우면 구월이 안으로 들어올까

그 자리, 그 위치에서
경계선이 울고 있다

애고, 아이고, 에고ego

도시생활 찌드름에
호황기는 각박함인데
골수까지 파고드는 흥분과 우울

처음부터 이렇게 될 줄 알았지
알면서도 뛰어든 나 또한 하나의 난민
정착을 찾아 헤매다 낮은 포복에 길든다

모든 비굴함이 부풀어 오르고
고요한 비통이 온몸으로 퍼져
휘황한 조명 아래 가도 가도 끝이 없다

언제부터 내가 애벌레를 껴입었나
기대치는 바닥에 나동그라져 있고
기어다니는 365일 일상

태어날 때부터 심장 속 불을 지피던
보랏빛 은혜
에고ego는 어디로 갔나

나에게 잔뜩 들러붙은
에고와 아이고는 떠날 생각이 없고
한파를 몰고 올 찬바람이 분다

체감온도 훌쩍 떨어져
남쪽만 봐도 눈물이 찔끔거리고
그리움 향한 지수만 잔뜩 부푼다

아름

아픈 사람이 더 분주하다
주어진 일들을 무조건 미룰 수 없다
넋 놓고 있을 수 없는 지금
여기
예전에 보이지 않던 것들이 더 크게 보인다
우선 순위를 정해도
자꾸 늘어만 나는 눈앞의 것들
사라져 버렸으면 좋을 세상의 어지러운 질병
'코로나19 확산 비상'
어느 순간 오기가 발동한다

삐죽삐죽 돋아 있는 암세포
종유석인 양 묵혀진 석회석들
태곳적부터 이어져 온 초조함에게
Toll Bol
나는 먹혀 버린다
내가 누린 적 있는 순수한 생각들
어쩔 수 없이 받아들인 기억들
일시 멈춘다

누군가에게 기대고 싶지만
활짝 열린 들판 위로 생각들이 닿지 않고
산과 하늘이 두 팔 벌리고 있다
갓 물오른 나뭇잎 사이로 햇살이 눈부시니
슬프게 날아오를 것만 같다
끝없는 구름들의 속삭임
다른 세상이 내게 말을 거는 것만 같다
이젠
내 걸음마의 몫이나 매길 수 있을까
나 혼자 허공을 아름해 본다
아픔을 딛고 날아 본다
그 고독에서 의식의 날개를 단다
의미 있는 삶이고, 몰입하는 삶
즐거운 삶을 노래한다

잡동사니

서재의 한 구석에

일상의 바쁜 핑계로
쌓아둔 연대 꾸러미들

글과 글 사이가 모인 짐 꾸러미들
아무렇게나 쌓아둔
좁은 생각들이 다 모인다

느슨한 때를 기다리다
이직하고 마는 어슴푸레한 기억들

기어이 그 놈의 때를 기리다
아련함도 무심히 지나 버린다

한 편 한 편 풀어내다 글의 숲을 지나면
빈 마음 구석구석 들여앉히고만
소중함이 덧없이 싸매인

누가 말했던가 버리며 살아라
몽땅 버리고 싶을 때도 왜 없겠는가

잡동사니 모여 울창한 숲을 이룬다는 것을
바람이 몰고 간 뒤에야 안다

퍼즐 부부

5월을 맞으니
어느 황혼의 여인이
부부였던 때를 그린다
그녀도 필히 그를 위하여
청춘을 불태웠을 터
젊은 날의 배필을
살아온 날들의 주름에 기대어 본다

같으면서도 다른 존재
투자 대비 수익을 따지는 사람
이건 배필은 아니야
필요를 채워 줄 사람
다루기 힘들지 않은 사람
이러면 안 돼
변화시키려 들지 않을 사람
찰떡같이 잘 맞을 사람
이런 배필은 아니야
부부는 행복해야 하지만
왜 우리는 이렇게 부딪치지
서로가 완전히 같아서도
아무렇게나 달라서도 안 되는

둘이 협력해야만 맞을 수 있는
서로 희생적으로 사랑해야 하는
영광스럽고 아름다워지도록 도와야 하는 것
상처 입어 포기하고 싶어질 때마다
성장과 형통을 위하여 돕는 배필을 위해
그 섬김을 평생 이어 가는 것

부부는 퍼즐이다

날개 위에서

창공에서 새해 시작
내려 봄이 머무는 한자리
황홀경에 묻혀 버린다

산과 들의 하얀 눈꽃들
하얀 마음, 숙명적 만남이다
정겨운 열일곱 시간 허리에 매인 안전끈
역사 속 숨겨둔 금척무[1]를 불러온다

친구들 품새 겨루기에
빙빙 요렇게 사뿐히 조렇게
가볍게, 가볍게, 요지경을 모두 날려 버린다

파란 하늘을 본다
눈동자에 차오르면, 검지로 하늘 끝 실선 그려
치마폭에 나풀나풀 단 달아
수평선 너머, 낙조 물결 따라
찬란한 금빛 아방선[2] 타자

광활한 산과 들의 구름장은 돌판에 새겨두자

수채화폭 이젤에 배낭 메고
마드리드 궁전 역사 속으로 함께 가서
찾아오자[3]

---

1) 금척무金尺舞 : 궁중의 잔치 때 금척사를 불러 추던 춤. 모두 열일곱
   사람 춤으로 조선 태종 때 태조의 창업을 기리어 지은 것이다.
2) 아방선 : 매우 호화로운 유람선을 비유적으로 이르는 말.
3) 찾아오자 : 화자가 서정을 배워 오자를 비유함.

경복궁

모처럼의 따뜻한 햇살에 이끌려
파멸의 역사를 더듬는다

경직성 위기를 거쳐 온 궁전에서
과거의 왕비나 된 양, 활보하며
멋스럽게 집혀 보며 걷는 내 모습에
의상까지 갖춰 입은 모양새가
왕후를 간절히 바라듯 모양새 폼은
폐가의 기이한 현상을 복구나 할 듯이

고시활보하며 희희낙락하는
이방인의 모습에서
한을 즐기지는 말아야 할 듯이
눈이 아리고
비애는 즐기지는 말아야 할 듯이
한숨의 박동에
뒤안길에 머무른 인왕산이
애달픔에 머리 숙여 운다

바꿔진 명품 뒤태의 모습에
집현전 두어 학문하는 품계석의 위상

천문관측의 지혜로움, 본받음을
푸른 육송에 앉은 햇살에도 말을 잊는다

경복궁 궁전에서
생각하며 걷고
울컥하며 걷고

썰물의 사랑열매*

사하구 모래톱
세찬 바람이 바다로 휘몰아칠 때
꽃모래 꽃비 되어 날리는 모랫길

씻기며 부서지고
그 아픔 참아 내는 하얀 씨앗들
갯벌과 손잡는 걸 들켜 버렸어

강한 파도에 쓰러진 모래
갯벌 기대며
사랑은 오래 참는다 하네
바닷물에 실은 모래
갯벌에 뉘일 때
온유한 사랑이란다

성난 파도 무서울지라도
바람은 시기하지 않고
교만하지 않으며 자랑하지 않는
살포시 감싸 준 그것도 사랑이야

잔잔한 바다여
붉게 물든 수평선 위로
저녁노을이 하얀 손 잡은 썰물
온유한 갯벌에 물든 무지개
그 썰물의 사랑열매
모래톱이란다

*성경: 고린도전서 13장 4~5절 인용함.

반짝이는 눈망울

나의 안에서 한 아이가
무수한 별 숨겨둔 다대포 백사장
그곳으로 달려간다

홍옥紅玉사과 꼬옥 쥔 채
머리에서 발끝까지 따가운 햇살
더욱 붉게 빛난다

시간의 빛을
수채화에 담았던 아이
백사장에 이젤을 세우고
펼쳐진 화폭에
푸른 바다를 담아내던 아이

언제부터인가, 멀리 떠나오면서
희미해진 아이

돌아보니 다시 보이는
해맑은 얼굴
별처럼 반짝이는 눈망울

이제
그 아이가 낯설지 않아
잠시 머뭇거리며
잘게 주름 잡힌 백사장을
곱게 쓰다듬고 있다

비대면

부르는 소리에
서먹한 얼음을 깨뜨리고
공중 부양을 한 호모사피엔스
주도적인 색채가 화면을 연결한다
터키석을 갈아 옥빛을 만들고
쇠에서 녹빛을 갈아 갈색을 만들고
소의 오줌에서 노랑을
인간의 피에서 빨강을
빛의 색채는 암벽에 밀랍되어
하이파이 음색을 뿜어낸다
가작佳作을 향해 바투보기로
그중에서 뚜렷한 납화 하나를
한 장의 깨끗한 백지 위에 담는다

내가 사랑하고 싶은 사람

나뭇잎 사이로 비춰지는
가느다란 빛은
얼마나 고귀한 빛인가

한 그루 나무에 기대어 보면
한 방울의 눈물일지라도
한 줄기에 흐르는 가느다란 애잔함
그 얼마나 고귀한 사랑인가

세월의 때가 묻어 있어도
추억의 향기가 스며 있고
잔잔한 여운으로 남아 있는 사람

내가 사랑하고 싶은 사람은
눈물이 많은 사람

그 눈물
내 품에서 닦으렵니다

시詩의 길

나는
바람과 손을 잡고 걷는다
연인과 동행한다
시는 내 인생을 사랑한다
나는 시를 사모한다
그리고
세상 만물을 아름답게 본다
시는 나의 호흡을 만져 준다
나를 사랑한다
시의 전부가 되고 싶다

만나고 싶은 사람
부르고 싶은 노래
그리운 모든 것들을
추억으로 미루기에는 미안하다
입술에 터지는 시어들의 봉오리가
꽃피어 달라고 마음을 찡하게 한다

시詩의 길은
내 인생의 전부인 것을

박꽃처럼 희고 청아한 자태를
목마른 영혼에게
맑은 샘물을 주고 싶다

역고드름

경기도 연천 폐터널에
통곡하는 찍힌 가슴들

전쟁의 땅에서 토해낸 냉가슴의 피눈물
오랜 세월
동굴 종유석 되어 자란다

한탄강 암석들이 검게 타
선인장 닮은 조각품새가
냉가슴 손가락 자국 되어 언다

전쟁의 포성이 멈추지 않는 땅
북한군 초소가 지척이고
끊어질 듯한 긴박감이 그대로다

누대累代에 걸친 그 숨결을
해든 누리 세상으로

나를 찾아가는 시심의 거리에서
너를 만나다

신달자 시인

최병희 시인의 삶을 축소하면 하나의 길이 있다. 길은 평탄하지 않았지만 아름다웠고 감사한 길이었지만 굴곡도 있다. 묵묵히 걸어가는 한 여자가 있다. 굴곡의 길을 걸으면서도 하늘의 아름다움 자연의 감사함을 잊지 않은 채 땅의 굴곡 자연의 변화를 헤쳐 걸어간다.

최병희 시인은 조금 늦은 감이 있는 나이에 첫 시집을 낸다. 그간 조바심인들 왜 없었겠는가 그는 견디었고 그는 기다렸고 그는 '언젠가'라는 말을 가슴에 새기며 여기까지 왔다.

'저기!'라는 목표를 아슴하게 그려 놓고 그곳에 도착하기를 애타게 기다리며 첫 시집을 꿈꾸어 왔던 것이다.

최병희는 자신을 찾는 자극을 가장 우선한다. 생의 소중한 주인공은 '자신'이다. 자아 찾기 자아 도달 자아 발견을 지금까지 써 온 모든 시에 담았다. 그렇다 그의 시가 조금은 아쉬운 점도 있을 것이다. 그러나 최병희는 자기 자신과 기도와 성실을 담아 한 권의 시집을 가꾸어 왔던 것이다.

때로는 시가 되고 때로는 시가 되지 않을 수도 있다.

그렇게 시가 되고 시가 되지 않는 두 길을 합쳐 스스로 자기

것으로 자기의 길로 수용하며 도전과 극복을 헤쳐 왔던 것이다.

> 처음부터 이렇게 될 줄 알았지
> 알면서도 뛰어든 나 또한 하나의 난민
> 정착을 찾아 헤매다 낮은 포복에 길든다
> 모든 비굴함이 부풀어 오르고
> 고요한 비통이 온몸으로 퍼져
> 휘황한 조명 아래 가도 가도 끝이 없다
> 언제부터 내가 애벌레를 껴입었나
> 기대치는 바닥에 나동그라져 있고
> 기어 다니는 365일 일상
> 태어날 때부터 심장 속 불을 지피던
> 보랏빛 은혜
> 에고ego는 어디로 갔나
> 나에게 잔뜩 들러붙은
> 애고와 아이고는 떠날 생각이 없고
> 한파를 몰고 올 찬바람이 분다
> 체감온도 훌쩍 떨어져
> 남쪽만 봐도 눈물이 찔끔거리고
> 그리움 향한 지수만 잔뜩 부푼다
> ─「애고, 아이고, 에고ego」 부분

시의 난민으로 생의 난민으로 낮은 보폭으로 살아가노라면 비굴함 또한 살점처럼 달라붙는다. 그 살점, 시인의 속에서 올라와 굳은 것일 수 있다. 누구나 그런 시절이 있다. 애고, 아이고가 절로 나오는 그런 시절 말이다. 이 두 말은 적어도 우리나라에서는 지친 자의 호흡소리 같은 것이다. 앉으나 서나 나오는 입술에 묻어있는 말… 애고 아이고를 입에서 휘파람 소리처럼 뱉지 않은 사람이 있겠는가. '애고'는 힘에 부치거나 아프거나 아주 피곤할 때 나오는 말이며 '아이고'는 울음의 가사라고 할 수 있다. 옛날에는 울음을 '아이고'라는 가사로 율격을 지키며 지속적으로 하면 그것이 큰 울음이 되었다. 말하자면 '아이고'는 울음의 어머니라고 할 수 있다.

한국인들이 어른이 되고 나이가 들면서 '애고, 아이고'를 입에서 뱉지 않은 사람들이 있을까.

최병희는 바로 한국인의 입에 발린 이 두 가지 통곡의 마음을 자연스럽게 제목에 갖다 놓고 그 두 가지 울음과 탄식 안에서 놀랍게도 '에고ego'를 갖다 붙였다.

나를 찾는다는 명제가 뚜렷하다. 에고는 인식과 행위의 주체로서 자기 자신을 사전에서 말하고 있다. 자아분석 이론에서는 자기, 또는 나로서 경험되며 지각을 통해 외부세계와 접촉하는 인간 성격의 부분이라고 말하기도 한다.

최병희는 이런 자아를 꿈꾸었던 것이다. 제아무리 탄식이 그치지 않는 일상 속에서도 설움의 숲속을 헤매더라도 자기 자신을 움켜잡고 키워가려는 의욕은 꿈틀대며 살아있었고 그 자아를 키워 온 것이 한 권의 시집으로 이 세상에 심고 싶었던 것이리라.

어쩌다
찌든 도시 생활에

호황기가 있으면 불황기는
골수까지 파고드는 흥분과 우울
이렇게 됐지
모든 존재가 부풀어 오르고
고요한 비통이 온몸에 퍼져
명의를 찾아 헤매다 케이블 되어
기대치는 바닥에 던져진다
천지창조에 버금가는 휘황한 조명 아래
별빛보다 네온사인으로 질주하는 애벌레들
귀뚤귀뚤 헤매면 양옆에 늘어선 소나무들
상수리나무들은 축제 이브에
정지定志되어
금화빛 은행잎으로 융단을 깔아주고
들판의 황금빛 몰고 온 마사니들
까마득히 잊고 산 그들과의 만남도
갈바람은
에고ego의 불황기에 새벽을 깨운다
　　　－「에고(ego)의 불황기에」 전문

　에고는 불황기라고 말한다 골수까지 파고드는 우울이 있고
기대치는 바닥에 던져지는 모든 존재는 부풀고 비통은 온몸에
퍼져가는 현실에서 나는 없고 자아는 줄어들고 자존은 도망가
고… 이런 현실에서 결국 자아는 나는 갈바람 속에서 불황기의
없음을 깨우치는 것이다. 그것도 새벽에… 결국 시인은 에고를
어느 파탄에서조차 떨구지 않고 부둥켜안고 일어서는 '찾음 내

지는 지키는' 의지를 나타내고 있는 것이다.

그것이 그의 시였고 그 자신이었던 것이다. 다시 말하면 에고의 불황기를 스스로 에고의 환희로 에고의 살아남으로 에고의 풍성함으로 바꾸는 내적 힘을 보여준다.

이런 힘이 시가 아닐까. 이런 힘이 시를 좇는 마음 아니겠는가. 나를 잃음으로 나를 찾는 투지를 모든 시에서 찾아볼 수 있다.

그렇게 찾은 그렇게 어느 정도 끌어안은 에고는 서서히 자아와 나를 변화시킨다. 눈을 뜨고 귀를 트고 감각의 둔함을 깨워 사물을 보게 하고 내적 심정을 살아 움직이게 한다.

시의 기적이 일어나는 것이다.

'시간이 없소'
고뇌의 아픔은 좌우명이 되어
세월은 파노라마 되고
풀잎에 떨어진 눈물은
베네치아로 흐르는 강물이 되어
하늘의 소리에 귀 기울이며
내가 희망하는 삶을 찾아
심장에 노를 젓는다
　　　ー「시간이 없소」 부분

얕은 곳에 드문드문 놓인 디딤돌
두 팔 하늘을 향한 야호 소리에
집을 나설 때의 우울함이 사라진다

메아리 화답에 마음이 부푼다
디딤돌을 흔들어본다
미동도 않고 꼭 박힌 디딤돌
피라미들 놀랄까 봐 가볍게 훌쩍훌쩍
뒷발 들어 조심조심 딛는다
하나 둘 셋 넷 다섯 여섯
가나다순으로 시 낭송하듯
여울물 소리에 맞춰
낭랑하게 숫자를 세어본다
디딤돌 선생님의 따뜻한 교훈
앞으로 출시出詩하는 원동력이 될 것 같다
한 걸음 한 걸음 기쁨 되는 디딤돌
어느새 햇살 너머로
계곡이 분홍빛에 물든다
　　　－「디딤돌」 부분

봄 하늘이 아침을 연다
그 햇살에 눈이 빛난다
바삐 내달리는 차도 행렬에
차바퀴는 시간을 거스르고
차창 속 고뇌들은 꿈속으로 빨려든다
아침아 솟아라
이들을 위해
지난밤 밖에 뱉어 버린
차가운 가슴과

153

더운 가슴
그리고 토해낸 냉소
사랑으로 우리를 위해 품자
　　ー「아침에게」부분

누대累代에 걸친 그 숨결을
해든 누리 세상으로
　　ー「역고드름」부분

만나고 싶은 사람
부르고 싶은 노래
그리운 모든 것들을
추억으로 미루기에는 미안하다
입술에 터지는 시어들의 봉오리가
꽃피어 달라고 마음을 찡하게 한다
시詩의 길은
내 인생의 전부인 것을
박꽃처럼 희고 청아한 자태를
목마른 영혼에게
맑은 샘물을 주고 싶다
　　ー「시의 길」부분

　보라 에고의 불황기는 조금씩 뒤로 숨고 애고의 눈물도 소낙
비에 쓸려나가고 아이구의 격한 탄식 소리도 비 그친 하늘같이
푸른빛이 감돈다.

154

"시간이 없소" 단 한마디 남긴 시인의 반쪽이었던 분은 연민과 사랑과 부탁의 말을 남긴다. 그리고 시인은 희망하는 삶을 찾아 심장에 노를 젓는다. 그는 홀로가 되었지만 결코 거부할 수 없는, 아니 기어이 가야만 하는 에고 즉 자아의 길을 가야 한다고 다짐한다, 심장에 노를 저으며 말이다. 심장에 노를 젓는다니… 그의 각오는 천둥처럼 크다. 그 심장의 박동 소리와 함께 그는 자아의 길을 가는 것이다.

그렇게 가고 가고 가고 자아는 자라고 애고 아이구는 사라지고 어느새 햇살 너머로 계곡 바닥이 분홍빛 감돌게 되었다. 햇살에 아침이 열리고 햇살에 눈이 빛나는 아침을 맞게 되는 것이다 드디어 시인은 "아침이여 솟아라!" 하고 외치기도 한다.

그렇다. 시인은 자기를 찾아 자신에게 걸림돌이 되는 모든 방해자를 넘어트리고 드디어 디딤돌로 환원하는 목적 달성에 이른다.

시의 길은 내 인생의 전부인 것을… 그 먼 길을 와서 시인은 '나'를 만나고 그리고 '너'를 만나는 것이다.

그는 시의 길에 당도하고 그는 새 아침을 경건하게 맞는다. 그의 볼이 불그레하다.

최병희 시집

에고는
어디로 갔나

에고는 어디로 갔나